MARC BROWN

ARTURO
ESCRIBE UN CUENTO

Traducido por Esther Sarfatti

LECTORUM
PUBLICATIONS, INC.
555 BROADWAY, NEW YORK, NY 10012-3919

ARTURO ESCRIBE UN CUENTO

1-880507-95-1

Printed in Mexico

10 9 8 7 6 5 4 3 2 1

Library of Congress Cataloging-in-Publication Data
Brown, Marc Tolon
    [Arthur writes a story. Spanish]
    Arturo escribe un cuento / Marc Brown ; traducido por Esther Sarfatti.
        p. cm.
    Summary: Arthur has to write a story as a homework assignment and keeps changing
his idea of what to write as he talks to his friends.

    ISBN 1-880507-95-1 (pbk.)

    [1. Authorship-Fiction. 2. Schools-Fiction. 3. Animals-Fiction 4. Spanish language
materials.]
I. Sarfatti, Esther. II. Title.

    [PZ73.B68432 2001]
    [E]--dc21   00-059598

El Sr. Rataquemada, el maestro de Arturo, explicó
la tarea a la clase.
−¿Cuál debe ser el tema del cuento?
−El que tú quieras −dijo el Sr. Rataquemada−.
Escribe sobre algo que te guste.

Nada más llegar a casa, Arturo empezó el cuento.
Sabía exactamente sobre lo que iba a escribir.

Cómo conseguí mi cachorrito Pal

Siempre quise un perro, pero para poder tenerlo tuve que demostrar que yo era responsable. Así empecé mi negocio de mascotas. Mi mamá me obligaba a tener los animales en el sótano. Era mucho trabajo, pero era divertido, hasta el día en que creí que había perdido a Perky. Pero luego la encontré. ¡Había tenido tres cachorritos! A mí me dieron uno. Así fue como conseguí mi perro Pal.

Fin

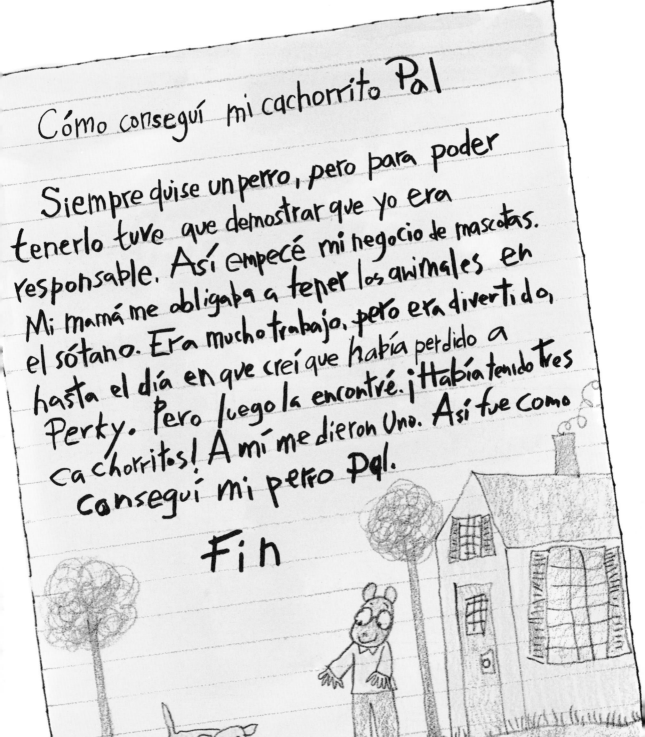

Arturo le leyó el cuento a D.W.

–¡Qué cuento más aburrido! –dijo D.W.–. ¿Tiene que ser sobre algo que te pasó? Porque la verdad es que tu vida es bastante aburrida.

–No quiero escribir un cuento aburrido –dijo Arturo.

–Yo que tú –sugirió D.W.–, escribiría un cuento sobre un elefante y no sobre un perro.

Al día siguiente, Arturo le leyó a Berto el nuevo cuento.
—¿Te gustó la parte sobre los cachorros de elefante?
—Sí, no está mal —dijo Berto—. Mi cuento es genial. Es sobre el espacio.

"Quizá mi cuento podría tener lugar en la luna", pensó Arturo.

El miércoles, Arturo le leyó a Cerebro el último cuento que había escrito.

—Científicamente, los elefantes pesarían menos en la luna, pero nunca podrían flotar tan alto —apuntó Cerebro.

—¿No te gusta? —preguntó Arturo.

—Para escribir un buen cuento, hay que documentarse bien —dijo Cerebro—. Como he hecho yo en el mío: "Si yo viviera en el período jurásico, tendría un estegosaurio de mascota".

Arturo fue a la biblioteca.

—¿Para qué son todos esos libros? —le preguntó Francisca.
—Para mi investigación —dijo Arturo—. Estoy escribiendo
sobre mi mascota, un mamífero de piel gruesa del género
Loxodonta.
—¿Un qué? —preguntó Francisca.
—¡Un elefante! —explicó Arturo.
—Ah —dijo Francisca—. Yo estoy escribiendo una historia muy
divertida.

Durante la cena, Arturo seguía preocupado
por su cuento.
—Pásame el maíz, por favor —le pidió su papá.

–¡Maíz! ¡Eso es! –dijo Arturo–. ¡Maíz morado y elefantes azules! ¡En el planeta Olifante! Eso sí que es chistoso.
–Arturo está más raro de lo normal –dijo D.W.

El jueves, en el Azucarero, todos hablaban de sus cuentos.
—¿Sabían que el año pasado un alumno escribió una canción *country* y le pusieron un sobresaliente? —dijo Prunela.

–Y tú, ¿cómo lo sabes? –preguntó Arturo.

–Porque esa alumna era yo –explicó Prunela–. El señor Rataquemada dijo que debería mandarla a una compañía discográfica, porque era realmente buena.

–¡Caramba! –dijo Arturo.

Esa noche, Arturo dio rienda suelta a su imaginación. Decidió convertir el cuento en una canción, e inventó un baile para acompañarla.

Después, ensayó delante de su familia:
—Y ese niño tan feliz
a su casa pronto irá
con su elegante elefante,
y cuánto disfrutará,
no lo dudes, de verdad,
en el Planeta Olifante.

—Bueno —dijo Arturo—, ¿les gustó?

Sus padres sonrieron.

Está bien –dijo la abuela Thora–. Quizá un poco confuso.

–Lo malo es que no sabes bailar –dijo D.W.

—Ya no sé qué hacer –dijo Arturo–. Tengo que entregar
el cuento mañana.
Esa noche, Arturo apenas pudo dormir.

Al día siguiente, Arturo siguió preocupado hasta que al fin el señor Rataquemada le pidió que leyera el cuento.

Cuando Arturo terminó de cantar y bailar, el silencio en el aula casi daba miedo.
Betico Vega levantó la mano y preguntó:
—¿Sucedió de verdad?

—Bueno, más o menos —dijo Arturo—. Cuando lo empecé era un cuento sobre cómo conseguí mi perro.
—Me gustaría oír ese cuento —dijo el Sr. Rataquemada.

–Se titula: "Cómo conseguí mi cachorrito Pal" –dijo Arturo.
Arturo contó lo orgulloso que estaba de su negocio de mascotas
y cómo se asustó cuando desapareció Perky. También contó lo
contento que se puso al encontrarla debajo de su cama y su
sorpresa al ver que Perky había tenido tres cachorritos.
–Pero lo mejor de todo –dijo Arturo–, es que me regalaron uno.

—Me gusta más este cuento que el primero —dijo Berto.

—¡Es un cuento estupendo! —dijo Betico Vega.

—Yo creo que el cuento de Arturo es el mejor —dijo Francisca.

–Buen trabajo –dijo el Sr. Rataquemada–. Espero que el lunes me lo entregues por escrito.
Entonces el Sr. Rataquemada le puso a Arturo una estrella dorada en el pecho.
–Por cierto, Arturo –empezó a decir–.

¡Olvídate del baile!